HILO sin FIN

MAC BARNETT

Ilustrado por

JON KLASSEN

Traducción de TERESA MLAWER

editorial juventud

Barcelona

Título original: EXTRA YARN

© Texto: Mac Barnett, 2012

© Ilustraciones: Jon Klassen, 2012

Publicado con el acuerdo de Harper Collins Children's Books, un sello de Harper Collins Publishers, Nueva York

© EDITORIAL JUVENTUD, S. A., 2013

Provença, 101 - 08029 Barcelona

info@editorialjuventud.es

www.editorialjuventud.es

Traducción de Teresa Mlawer

Primera edición, noviembre 2013

ISBN 978-84-261-4013-5

DL I 17539-2013

Núm. de edición de E. J.: 12.679

Printed in Spain

GRAFO, Avda. Cervantes, 51 - Basauri (Bizkaia)

Para Steven Malk

M. B.

Para mamá

J. K.

En una tarde helada, en un pequeño pueblo frío,
donde todo lo que se veía alrededor era un manto de nieve
blanca o el hollín negro de las chimeneas, Anabel encontró
una caja con hilos de lana de todos los colores.

Se la llevó a casa
y se tejió un suéter.

Pero cuando terminó,
todavía le sobraba hilo.

Así que también le tejió un suéter a Nic.

y aun así le sobraba hilo.

Un día, cuando Anabel y Nic salieron de paseo,
Marc se quedó mirándolos y dijo riéndose:
–¡Qué ridículos!

–Tienes envidia –le dijo Anabel.
–De eso nada –contestó Marc.

Pero sí que la tenía.

Después de tejer un suéter
para Marc y su perro y para ella y Nic,
todavía le quedaba hilo de sobra.

En el colegio, los compañeros de Anabel
no paraban de hablar de su suéter.

–¡Silencio! –gritó el señor Norman.

–Anabel, tu suéter distrae a todos. No puedo dar la clase, si todos te están mirando.

–Entonces tejeré un suéter para cada uno –dijo Anabel–, así no tendrán que mirarme.

–¡Imposible! –dijo el señor Norman–. No podrás.

Pero sí pudo. Y lo hizo.

Incluso tejió uno para el señor Norman.

Y cuando terminó, todavía tenía hilo de sobra.

Así que tejió un suéter para su mamá
y otro para su papá.

Y para el señor García.

Y para la señora García.	Y para la doctora Palmer.

Y para el pequeño Luis.

Tejió suéteres para todo el mundo, excepto para
el señor Martin, que no usaba ni suéter ni pantalones
largos, aun cuando la nieve le llegaba a las rodillas.

–Gracias, pero no quiero un suéter –dijo el señor Martin.

Entonces Anabel
le hizo un gorro.
Y cuando terminó,
todavía tenía hilo de sobra.

Anabel tejió suéteres para todos los perros,

para todos los gatos

y para otros animales también.

Algunos pensaron que pronto se le acabaría el hilo a Anabel.

Pero no fue así.

Y Anabel continuó tejiendo
más suéteres, incluso para cosas
que no lo necesitaban.

Y el pequeño pueblo
comenzó a cambiar.

Se extendió la noticia sobre esta singular niña a quien nunca se le acababa el hilo. Personas de todas partes del mundo llegaban al pueblo para ver los suéters que hacía Anabel y para estrechar su mano.

Un día, un archiduque que era un enamorado de la ropa,
cruzó el océano en su barco para conocer a Anabel.

–Pequeña –dijo el archiduque–, quiero comprar esa milagrosa caja de hilos.
Estoy dispuesto a ofrecerte un millón de dólares.

–No, gracias –dijo Anabel, mientras tejía un
suéter para una camioneta.

Al archiduque se le pusieron los pelos
del bigote de punta.
–Dos millones –dijo.

Anabel negó con la cabeza:
–No, gracias.

–¡Diez millones! –gritó el archiduque.
¡Lo tomas o lo dejas! ¡Ahora o nunca!

–¡Nunca! –dijo Anabel–.
No vendo el hilo.

Y no lo vendió.

Esa misma noche, el archiduque
contrató a tres ladrones para que
entraran en casa de Anabel.

Robaron la caja
y se la llevaron al archiduque,
quien atravesó campos nevados,
regresó a su barco
y zarpó hacia alta mar,

hasta llegar a su castillo.

El archiduque se sentó en su mejor silla
y puso su canción favorita. Entonces sacó
la caja, levantó la tapa y miró dentro.

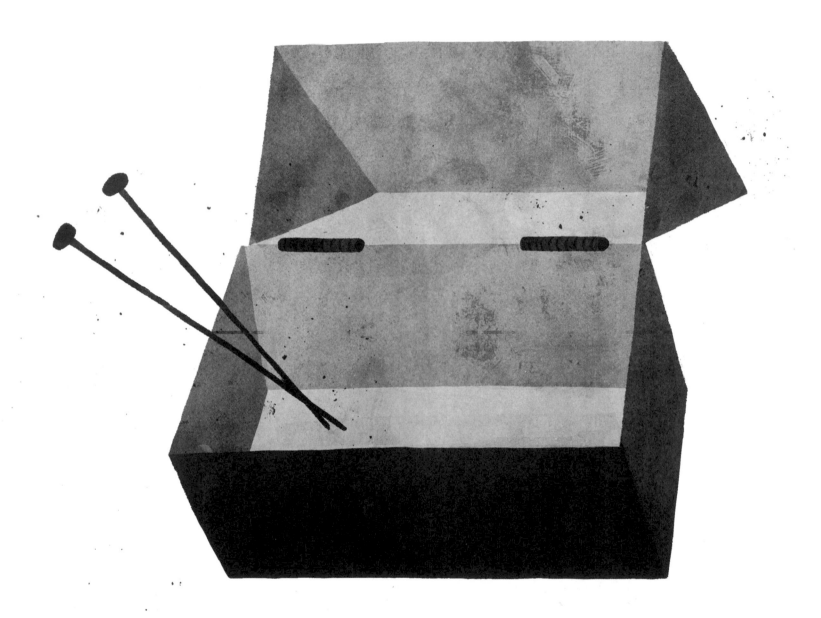

Su bigote se agitó.

Tembló.

Se estremeció.

El archiduque lanzó la caja
por la ventana y gritó:
–¡La maldición de mi familia
caerá sobre ti, pequeña!

¡Nunca jamás volverás a ser feliz!

... sí lo fue.